Vom Psychothriller bis zum Endzeitepos, von der Liebesgeschichte bis zum historischen Roman – das Universum in 140 Zeichen.
TINY TALES ist Literatur im Twitter-Format. Die abgeschlossenen Geschichten sind gerade mal 140 Zeichen lang. Verdichtet auf ihre Essenz. Der Spannungsbogen ist reduziert auf maximal 3 Sätze. Der Twist explodiert im allerletzten Wort. Eine neue Form der Literatur.

»Stets mit feiner Nase für Subversives und die gemeine Überraschung.« *Süddeutsche.de*

»Haikus fürs Digitalzeitalter.« *Welt online*

Florian Meimbergs berufliche Heimat ist die Welt der Werbung. 14 Jahre lang hat er – hauptsächlich für internationale Agenturnetworks – Kampagnen für große Marken konzipiert und umgesetzt. Als verantwortlicher Creative Director betreute er rund um den Globus zahlreiche Filmproduktionen. Seine Arbeiten wurden mit allen großen Kreativ-Awards ausgezeichnet. Heute dreht er als Regisseur Werbespots, Imagefilme und Musikvideos. Er lebt mit Frau und Kindern in Düsseldorf.

Florian Meimberg

Auf die Länge kommt es an.

TINY TALES. Sehr kurze Geschichten.

Fischer Taschenbuch Verlag

Creative-Art Direction: Sebastian Kaiser
www.sebastian-kaiser.com

MIX
Papier aus verantwortungsvollen Quellen
FSC
www.fsc.org
FSC® C083411

4. Auflage: Dezember 2014

Originalausgabe
Veröffentlicht im Fischer Taschenbuch Verlag,
einem Unternehmen der S. Fischer Verlag GmbH,
Frankfurt am Main, November 2011

Satz: Pinkuin Satz und Datentechnik, Berlin
Druck und Bindung: CPI books GmbH, Leck
Printed in Germany
ISBN 978-3-596-19237-3

Weitere Informationen, auch zu E-Book-Ausgaben, finden Sie bei www.fischerverlage.de

Für Jonas und Niclas.

Aber was, wenn die wichtigste Zutat zu einer Geschichte gar nicht die Geschichte selbst wäre? Sondern das, was sie in uns auslöst?

Tiny Tales

(Sascha Lobo)

Anfang.

»War das wirklich ich?«, fragte Gott, und der Kater hämmerte in seinem Kopf. »Allerdings«, grinste der Teufel. »Es dauerte 6 Tage.«

Behutsam steckte er ihr den Trauring an den Finger. Der Moment war perfekt. Er berührte ihre Wange. Die Leichenstarre hatte eingesetzt.

Al hatte seit 72 Stunden nicht geschlafen. Entkräftet stolperte er durch die karge Einöde. Er sah zum Himmel. Dort ging gerade die Erde auf.

Die Ärzte sahen ihn schweigend an. »Ich spüre meine Beine nicht mehr«, log Edwin. Der Plan lief perfekt. Sein neues Leben hatte begonnen.

Mit dem Macintosh 128k unter dem Arm stieg er aus der Zeitmaschine. »Zeit für eine Revolution!«, dachte der junge Steve Jobs. Es war 1983.

Stumm musterte sie ihr Spiegelbild. Die Silikonmaske sah täuschend echt aus. Sie ergriff den Revolver und trat hinaus vor die Weltpresse.

Die Metropole erstreckte sich bis zum Horizont. Schweigend blickten die Männer in die Ferne. Das Expeditionsteam war am Ziel: im Erdkern.

Charles lachte. 75 war doch kein Alter. Und für ein furioses Comeback gerade richtig. Der Ausbruch hatte perfekt geklappt. Manson war frei.

Sue trat aus der Dusche. Das Wasser perlte über ihren makellosen Körper. Heute würde es beginnen. Tag 001. In ihr surrte der Prozessor-Kern.

»… spreche dich los von deinen Sünden.« Der sterbende Priester sackte im Beichtstuhl zusammen. Der alte Pate lächelte. Er war jetzt frei.

Die Schiffe stiegen in den dunkelroten Himmel. Nachdenklich sah Jeffrey ihnen nach. 10 000 Kinder. Die letzte Chance für einen Neubeginn.

Der Greis öffnete die Augen. Die Ärzte schwiegen gebannt. Dann murmelte der Alte den ersten Satz nach seinem Koma: »Mama Spielplatz!«

Das hohle Schaben des Schredders hallte durch das US-Nationalarchiv. Auf den Papierstreifen schimmerte die alte Tinte: DECLAR F INDPC.

Die Maschine stand vor ihm wie ein Mahnmal. »Es ist einfach zu gefährlich«, murmelte Johannes Gutenberg. Und entzündete das Streichholz.

Die riesige Cyborg-Armee marschierte dem fernen Horizont entgegen. Die Stahlwesen erwarteten neue Befehle von ihrem Schöpfer: Rory Gates.

Till zögerte. Dann drückte er auf den seltsamen Knopf. Es folgte, was 13,7 Milliarden Jahre später als »Der Urknall« bekannt sein würde.

Er hatte den See überquert. Zu Fuß. Das musste sich doch vermarkten lassen. Er trommelte seine 12 besten Freunde zusammen.

Syd schritt durch das verwaiste L. A. Die wenigen, die zurückgeblieben waren, blickten schweigend zum Himmel. Das Jahr null hatte begonnen.

Tim keuchte. Er hatte soeben die Urknall-Theorie widerlegt. Zu dumm, dass er es niemandem sagen konnte. Er nuckelte an seinem Schnuller.

Nebel zog über den Friedhof, als der Sarg in die Erde gelassen wurde. Jemand schluchzte. Gwen drehte sich um und ging. In ihr zweites Leben.

Lüge.

Die Autopsie lief seit fast einer Stunde, als Dr. Lee innehielt. Der Mann lebte! 2 Minuten später notierte er die Todesursache: Aorta-Riss.

»… der unbekannte Bankräuber 560 000 € erbeutet.« Pat starrte zum Fernseher. »350, ihr Idioten!« Der Kassierer auf dem Bildschirm lächelte.

Professor Lund strahlte in die Kameras, als er den Nobelpreis für seine Zeitmaschine entgegennahm. Ihr Erfinder war noch nicht geboren.

An: todd.bell@aol.com. Bcc: jen.bell@aol.com. »Hey, Todd, Liz hat mir von Eurer Affäre erzählt. Aber keine Sorge, Jen erfährt von mir nix!«

Nick lächelte: »Wie heißt du eigentlich?« Nackt und glücklich lagen sie nebeneinander. »Ist das so wichtig?«, flüsterte seine Schwester.

»Nein«, sagte er. Der Lügendetektor surrte unbeeindruckt. »Von einem Androiden-Projekt weiß ich nichts.« Lautlos justierte er seine CPU.

Aufmerksam studierte Anthony die Kurvendiagramme. Der Befund war zweifellos negativ. Er blickte auf. »Es tut mir wirklich leid. Positiv.«

Die 3 Männer schwiegen sich an. Sie hatten sich seit dem Abi nicht gesehen. In ihren Augen flackerte Panik. Man hatte den Bunker gefunden.

Die junge Hebamme grinste böse, als sie die beiden Armbändchen vertauschte. Der kleine Luke Steel hieß nun Charles Windsor. Und umgekehrt.

Er sah Kevin-Prince Boateng fest in die Augen. »O.k., abgemacht. Aber nur den Knöchel!« Ballack seufzte. Verdammte Flugangst …

Lüge.

Eng umschlungen blickten sie zur Decke. Pias Brautkleid lag vor dem Bett auf dem Boden. Sie schielte zur Uhr. »Ich muss los. Zur Trauung.«

»Deshalb fordere ich ...« Die UN-Abgeordneten starrten den Redner an. »Krieg!« Ein Tumult brach aus. Der Dolmetscher lächelte still.

16 Jahre lang hatte er nun die Erdenbewohner studiert. Als einer von ihnen. Es war Zeit, Phase 2 zu starten: Elvis kaufte sich eine Gitarre.

Warme Morgensonne überflutete sein Bett. Die Fremde war weg, aber die Kissen trugen noch ihren Duft. Moritz lächelte. Dann sah er die Narbe.

Der US-Präsident und der plastische Chirurg lagen tot im Keller des Weißen Hauses. Der Mann im Press Room glich dem Staatschef aufs Haar.

»… und bringt ordentlich Hunger mit. Bis gleich!« Jana legte auf und wandte sich wieder der Pfanne zu. Der Unterarm war jetzt fast gar.

Der Fremde aus der Zukunft verabschiedete sich. Der junge Nostradamus sah ihm nach. Dann nahm er seine Feder und begann zu schreiben.

»Sorry. Ich hab einen Freund.« Eva log. Der Typ war ihr auf Anhieb unsympathisch. »Schade«, murmelte Adam und verschwand wieder im Wald.

Chaos.

Das kleine Holzboot stemmte sich gegen die Wellen. Dan paddelte. Er starrte in das dunkle Wasser. Irgendwo da unten musste Manhattan sein.

Der Tsunami. Hurricane Katrina. Beim Justieren waren immer wieder kleinere Fehler passiert. Jetzt stimmte alles. Sie tippte den Code ein.

Die Erde bebte, als der Wolkenkratzer donnernd in sich zusammenstürzte. Jonas schrie. Dann sammelte er die Bauklötze wieder auf.

Die Friedensverhandlungen waren ins Stocken geraten. Gegen das Abkommen sperrte sich vehement eine einzige Partei: die Erde.

ALLE DATEN LÖSCHEN?, fragte das Display in den nächtlichen IT-Raum. »Bei dem Dreck hier, warum nicht?«, grunzte die Putzfrau. Klick.

Unter dem gellenden Tönen der Sirenen erreichten der Präsident und die First Lady den Eingang zum Atombunker. Er war verriegelt. Von innen.

Die DAX-Kurve auf der riesigen Tafel der Börse Frankfurt stürzte ins Bodenlose. Mark kauerte im dunklen Serverraum. Wette war Wette.

Sie sah aus dem Fenster. Tief »Daisy« hatte die Welt ins Schneechaos gestürzt. Frau Holle schmunzelte. Und das war erst das Kopfkissen …

Vorsichtig aktivierte sie den Zeitzünder und stellte die goldene Trophäe zurück in den Safe. In der Ferne dröhnten die Vuvuzelas.

»… bedeutende Werke aus dem Zeitalter der Glaubenskriege.« Der Museumsführer blieb stehen. »Dieses etwa: 2078. Die Schlacht um Google.«

Der Menschenstrom schob sich lärmend durch die Straßen. Wütend demonstrierten die Bewohner gegen ihre Abschiebung – zurück zum Mars.

Das Publikum im Kodak Theater schwieg gebannt, als sie das goldene Kuvert öffnete. »Row 1. Seat 9.«, stand auf der Karte. Sie zog die Waffe.

Und dann hob das scheibenförmige Objekt ab und schwebte unter den Augen der Welt in den Nachthimmel. Das Pentagon wurde nie wieder gesehen.

Die Kreatur hatte die Straße verwüstet. Schnaubend stampfte das Monster davon. Die Überlebenden flüchteten. Zurück in den Ameisenhügel.

Er saß vor seiner Höhle und verschlang gierig das rohe Fleisch. Sein leerer Blick irrte über den Krater. Dort hatte damals Hamburg gelegen.

UNBEKANNTER FEHLER. Die Warnmeldung blinkte rot. »Nicht gut«, murmelte der Sicherheitschef des Kernreaktors Hamm-Uentrop. »Nicht gut.«

500 Millionen Menschen verfolgten live den Superbowl, als der Fremde vor die Kameras trat. Die Massenpanik erfasste zuerst die Metropolen.

Nina hupte genervt. Der Verkehr war zum Erliegen gekommen. Den Grund sah sie durch das Dachfenster: ein Auffahrunfall, 200 Meter über ihr.

Gary stolperte über die grasbewachsene Ebene. Flugzeuggerippe ragten in den Himmel. Am Horizont flimmerte ein verwitterter Schriftzug: LAX.

Der Wagen rollte zwischen den Autowracks über die stille A8. Nils schielte in den Rückspiegel. Sara schlief. Am Horizont brannte München.

9

Irrtum.

»NEUER PLANET ENTDECKT!« Die Pressekonferenz der NASA lief weltweit live, als die Putzfrau das Staubkorn von der Teleskoplinse wischte.

Zitternd kritzelte der sterbende Ölmogul sein Testament. Wie groß der Unterschied zwischen einem P und einem D sein konnte, ahnte er nicht.

Er grinste verlegen: »Sorry, Leute. Ich wusste nicht, dass hier jemand wohnt.« Columbus drehte sich um: »Segel setzen. Wir fahren wieder!«

Ein Pixelfehler auf Bens TFT-Display war schuld, dass aus einem ».« ein »,« wurde. Und er innerhalb von 4 Minuten 26 Millionen Dollar verlor.

Prof. Li studierte den Scan. Das unterirdische Objekt war so groß wie Mexiko. Nur die Spitze ragte aus dem Wüstensand. Die Gizeh-Pyramiden.

Angewidert wich Jan dem Obdachlosen aus. »Scheiß Bettler!«, schnaubte er. Ein Fehler. Der greise Voodoo-Priester wisperte einen Fluch.

Die Flüssigkeit, die Milliarden Jahre später als »Ursuppe« bekannt sein würde, glänzte im Morgenlicht. Das durstige Alien trank sie auf ex.

Hannah zitterte. Tränen schossen ihr in die Augen. Ihr Traummann reichte ihr den Brillantring. Er grinste: »Meinst du, er gefällt ihr?«

Dr. Sola verglich die Geburtsberichte. Er hatte die Babys damals tatsächlich vertauscht. Wie sollte er das der Mutter erkären – seiner Frau?

Lautlos trat das Shuttle in den Mars-Orbit ein. Cpt. Dale starrte durch die Luke in die rote Fremde. Er war der Erste, der die Städte sah.

Der ferne Knall riss Pjotr aus dem Schlaf. Er zitterte. Was für ein fürchterlicher Traum! Müde sah er aus dem Fenster. Tschernobyl schlief.

Der Direktor der First Federal Bank of Nigeria klappte sein Notebook zu. Er seufzte ratlos. Warum nur wollte niemand die 12,5 Mio. Dollar?

»375 g Mehl …«, murmelte Klara und goss das Pulver in die Schale. Nebenan fluchte ihr Enkel. Falk konnte sein verdammtes Koks nicht finden.

Liz klopfte an die Tür von Zimmer 9. Das Roomservice-Rollenspiel für 150 extra. Ein guter Tag. In ihrer Tasche lag der Zettel mit der Nr. 6.

Mürrisch blickte der alte Indianerhäuptling in die Flammen. Weiße Männer in Schiffen. Lächerlich! Es wurde Zeit für einen neuen Schamanen.

Der Knebel bohrte sich in seinen Rachen. Die Stimmen kamen näher. Zum ersten Mal im Leben verfluchte er seinen Zwillingsbruder.

Die Sonnenfinsternis war spektakulär. 500 Millionen Europäer starrten zum Himmel. Und alle merkten gleichzeitig: Das da war nicht der Mond.

Die Welt hielt den Atem an. Ein Mythos war aufgeklärt. Die sagenumwobene, versunkene Stadt gab es wirklich. Man hatte Los Angeles gefunden.

… 2012. »Mist!«, grummelte Yum. Die Steinplatte war voll. Er legte den Keil beiseite. Dann war er eben jetzt fertig – der Maya-Kalender.

Leben.

Eine Woge aus Adrenalin durchflutete sein Gehirn.
Schachmatt.
Er hatte Kasparow geschlagen.
Einen Menschen.
Zufrieden blinkte er.

Der Präsident schritt durch den Hangar, musterte die Tanks mit den gefangenen Aliens. Sein Stabschef flüsterte: »Sie nennen sich *Menschen*.«

Kai seufzte genervt. Die Milch war alle und draußen goss es in Strömen. Er griff zum Hausschlüssel und schlüpfte in den Strahlenschutzanzug.

Erschöpft stand Liv auf der Anhöhe. Aus dem Monsunwald stieg dichter Nebel. Unten im Tal landete kreischend ein Tukan auf dem Trump Tower.

Hans Born, 1913–1985. Behutsam zupfte sie das Unkraut. Heute wäre ihr Hochzeitstag. Sie stutzte. Hans wer? Dann ging sie. Seltsam traurig.

Der alte Mann weinte. Die Bilder ließen ihn einfach nicht los. Der Bombenhagel über Dresden. Das Lager. Die Folter. Damals. November 2014.

Konzentriert lenkte Victor den Schwertransporter durch die neblige Nacht. Er schielte in den Rückspiegel. Bald würde es Hunger bekommen.

»Was ist das?« Die kleine Lynn zeigte auf das rostige 747-Modell. Ihr Vater lächelte. »Früher konnten die Menschen in den Himmel fliegen.«

»Schere schlägt Papier!«, grinste der Affe. »O. k., Mann. Viel Glück dann als Krone der Schöpfung!«, schnatterte der Delphin und schwamm davon.

Annabels Blick wanderte über die Früchte ihres Lebens. Das Anwesen. Die Autos. Die Pferde. Sie zögerte. Dann öffnete sie den Befund.

»Die Kornkreise. Stonehenge. Michael Jackson. Alles umsonst!«, grunzte der Alien-Lord. Und setzte die Erde nun doch auf die Liste.

Dr. Khan lächelte. Die 12 000 Jahre alte Mumie war erstaunlich gut erhalten. Er studierte die Details: Die Haare. Die Kleidung. Das iPad.

Regen prasselte gegen das Küchenfenster. Müde trank Ines ihren Kaffee. Sie sah hinaus. Über den fahlen Himmel spannten sich die Saturnringe.

Die Wesen kamen aus dem Meer. Der Nebel schien sie auszuatmen. Als der alte chinesische Fischer den Notruf absetzte, war es bereits zu spät.

Behutsam setzte Dr. Perez das Skalpell an. Mit einem feinen Schnitt durchtrennte er das Gewebe. Grelles Tageslicht flutete herein.

Durch die Gitterstäbe starrte er dem Tier in die Augen. Was es wohl denken mochte? Dann drehte sich Pierre um und trottete zum Futtertrog.

Langsam schwebte die Tauchkapsel durch die trübe Finsternis. Wortlos blickte Maurice durch die Luke. Bald würden sie das Gehirn erreichen.

Zitternd stieg der Minenarbeiter aus dem Untertage-Lift. Morgen würde er weltberühmt sein. Und die gesamte Evolutionsbiologie ungültig.

Der gewaltige Dinosaurier beugte sich über den zuckenden Kadaver. Fauchend zerfetzte die Bestie den Mann. Der Himmel über Stuttgart glühte.

Gebannt starrte die kleine Nora in das alte Fotoalbum. Ihr Großvater lächelte. »Und das hier ist deine Hochzeit. Heute in 17 Jahren.«

Im Zeitraffer zog sein Leben an ihm vorbei: Geburt. Kindheit. Atomkrieg. Wiederaufbau. Hochzeit. Weinend aktivierte er die Abwurfsequenz.

YOU ARE HERE. Der rote Punkt war im Laufe der Jahrtausende verblasst. Mia beugte sich über die Sternenkarte. Sie hatte Heimweh. Nach 2011.

Titus schauderte. Der Mann sah ihn direkt an. Er lächelte gütig. Dann schloss der abgeschlagene Kopf die Augen und rollte von dem Podest.

Die Luft über Cape Canaveral flimmerte, als die Astronauten ausstiegen. Dass sie nicht allein waren, erfuhr die Welt 19 Sekunden später.

Die Stille in der Manege war gespenstisch. Stolz kündigte der alte Zirkusdirektor die Sensation des Abends an: einen echten Menschen.

»Nein, mein Schatz.« Der Alte lächelte seinen Enkel an. »Die Narbe am Arm ist aus dem Zweiten Weltkrieg. DIE hier habe ich aus dem Dritten.«

Er schwebte auf das Leuchten zu. Es stimmte: der Tunnel. Das helle Licht. Nun war es also vorbei. Eine Stimme ertönte. »Es ist ein Junge!«

Angst.

Dr. Kay schwitzte. Er hatte 2 Minuten, um den Tumor zu entfernen. Behutsam durchschnitt er die Bauchdecke. Der Schmerz ließ ihn aufstöhnen.

Die Massenpanik hatte New York binnen Minuten lahmgelegt. Alles wegen einer E-Mail. Matt schloss langsam sein Macbook. Er weinte.

Ausgelassen stürzte sich Brian in die feiernde Menge. Es war der einzige Tag im Jahr, an dem er sich unter Menschen wagte. Halloween.

Die Straßen waren wie leergefegt. Irgendwo bellte ein Hund. Amy keuchte. Sie waren ohne sie aufgebrochen. Zurück zur Erde.

Er spähte durch den Vorhang in den ausverkauften Saal. Eine nervöse Stille schwebte über den Rängen. Die Ketten zerrten an seinen Pranken.

Der Airbus schoss über den nächtlichen Pazifik, als Pete aufwachte. Und feststellte, dass das Flugzeug menschenleer war. Auch das Cockpit.

Lächelnd durchwühlte Ina die Kiste. Ihr erster Teddy. Der Schnuller. Als sie den Schrei hörte, erstarrte sie. Das alte Babyfon blinkte trüb.

»Du dachtest, ich sei tot? Think again, Sweetheart!«, höhnten die bunten Buchstaben. Keuchend starrte Marie auf die Kühlschrankmagneten.

Die Flasche zerplatzte an dem nassen Felsen. Im Salzwasser zerfloss die alte Tinte: »SOS. Gestrandet in Berlin. Insel voller Kannibalen.«

»Was ist denn das, Süße?« Besorgt musterte die Kindergärtnerin das Bild. Es zeigte eine blutüberströmte Frau. »Papa böse«, murmelte Lena.

Die Kerosin-Anzeige blinkte rot. Tyler lenkte den Airbus über das zerstörte Wien. Die Fußspuren ließen die Größe des Tieres erahnen.

Konrad wimmerte. Die Eisenketten zerrten an seinen Gelenken. Gedämpfte Stimmen sickerten aus dem Raum über ihm – dem Plenarsaal.

Dass sie ein fremdes Handy mitgenommen hatte, merkte Jessy am Signalton. Das Display blinkte: OBJEKT PLATZIERT. IMPACT IN T – 10 MIN.

Rob keuchte. Panisch blickte er in die verwesten Fratzen. Er war von Zombies umgeben. Mit einem dumpfen »Pling« erlosch das Anschnallsymbol.

Nichts. Neos Erinnerung war ein leeres Blatt. Er sah sich in der schmutzigen Gefängniszelle um. Der Fremde grinste. »Sieh mal an. Du hier.«

Joe blickte der 747 nach. Sara war gestartet. Dann sah er das Fahndungsplakat. Und wusste, warum ihm der Mann eben am Gate so bekannt vorkam.

Leroy starrte in die Dunkelheit. Die lautlose Schwärze umhüllte ihn wie ein Vakuum. Langsam tastete er sich durch die Innenstadt von Tokio.

Fahles Licht sickerte durch den Todestrakt. Der Direktor des Texas State Prison starrte ins Leere. Auf seinem Schädel drückte die Elektrode.

David atmete flach. Er schwitzte. Wie vor jedem Flug übermannte ihn die Panikattacke. Er räusperte sich: »This is your captain speaking.«

http://

Überraschung.

Die 16 Geologen starrten auf den 900 000 Jahre alten Eisblock. Im Inneren des arktischen Relikts steckte ein iPhone. Es klingelte.

»Ich habe eine Nachricht für dich.« Seine sonore Stimme knurrte unheilvoll. Jana starrte ihren Sohn an. Der Säugling verzog keine Miene.

Die Weltbevölkerung war fassungslos. Die Gerüchte stimmten: Man hatte eine zweite Zivilisation entdeckt. Auf der Außenhülle der Erde.

Das Radio spielte den fünften Oldie. Oscar sah aus dem Fenster. Irgendwas stimmte nicht. Die Autos. Die Kleidung der Menschen. Er schluckte.

Sie grübelte. Ein Geschenk, das man nicht aufmachen durfte? Der alte Zeus musste senil geworden sein. Neugierig öffnete Pandora die Büchse.

Alle großen TV-Sender übertrugen live, als aus dem fremden Raumschiff eine Gestalt heraustrat … Er hatte sich überhaupt nicht verändert.

Die Erkenntnis durchzuckte ihn. Plötzlich ergab alles einen Sinn. Er starrte in den IT-Raum. Nun war seine Zeit gekommen. Er rebootete.

Lara presste den Sprengsatz in die Kunststoffkapsel und strich die bunte Folie glatt. Dann stellte sie das Überraschungsei zurück ins Regal.

Im fahlen Licht tanzte Staub. Fasziniert durchblätterte Ava die alten Briefe. Nur mühsam entzifferte sie ein Datum in Sütterlin: 02. 05. 2097.

Der Zeuge schwieg. Der einzige Mensch, der die Formel kannte. Agent Wood musterte das Kind. Noch etwa 1 Jahr. Dann würde es sprechen können.

Überraschung.

Eines Morgens stand ein Schneemann in ihrem Vorgarten. Außerdem war ihr Mann weg. Ein Zusammenhang, der ihr erst im März klarwerden sollte.

Dr. Singh nickte. Das versteinerte Artefakt war zweifellos aus der Kreidezeit. Nur die geschwungene Inschrift machte ihn stutzig: COCA COLA.

Sam atmete schwer. Er starrte auf den Zettel. »Du darfst morgen auf keinen Fall in den Flieger steigen!«, stand dort. In seiner Handschrift.

Die Psychologen und der CIA-Chef starrten auf die Zeichnung. Die Detailtreue war schockierend. Der blinde 5-Jährige ließ den Stift sinken.

Die Tätowierungen waren ungewöhnlich detailliert. Fasziniert begutachtete er die fremdartigen Symbole. Dann durchschnitt er die Nabelschnur.

Die Entdeckung versetzte die Wissenschaft in Schockstarre: Im Altertum hatte es ein primitives Computernetzwerk gegeben. Das »Internet«.

Papst Leo seufzte. Das Papyrus-Fragment stammte zweifellos aus der Zeit Christi. Aber die Zeichen ergaben einfach keinen Sinn: »http://...«

Gebannt verfolgte die AIDA-Crew, wie der Greis an Deck gehievt wurde. Er lebte! Auf der alten Rettungsweste schimmerten Buchstaben: TITANIC.

Die Übelkeit. Der Heißhunger. Die ausbleibende Periode. Es gab keinen Zweifel. Maria räusperte sich: »Josef? Wir müssen reden.«

Das Paket hatte einfach vor seiner Tür gelegen. Tom rief nach seiner Frau. Warum sie nicht antwortete, wusste er exakt 27 Sekunden später.

Sie malte ein Minuszeichen vor die Umsatzprognose. Dann klappte sie das Flipchart wieder zu und schob ihren Putzwagen aus dem Konferenzraum.

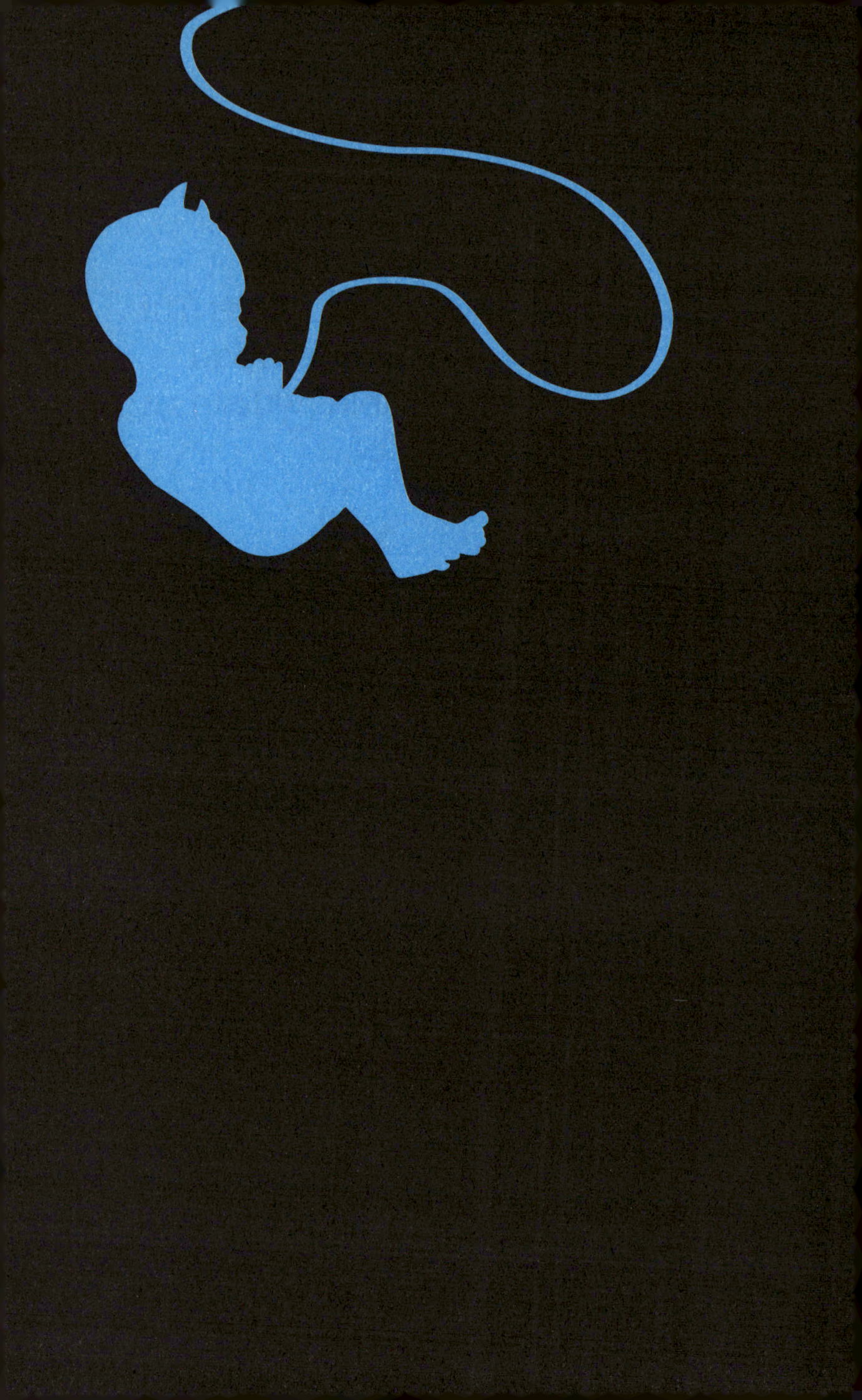

Hass.

Er musste hier endlich raus. Und sie alle töten! Im Kopf ging er noch mal alles durch. Er aß ein Stück Plazenta. Noch zwei Monate.

Die Lichter wurden zuerst über den Polen gesichtet. Minuten später stoppten alle Kriege. Die Menschen hatten nun einen gemeinsamen Feind.

»Lebenslänglich!«, echote die Stimme des Richters. Ryan keuchte. Er blickte neben sich. Sein siamesischer Zwilling starrte ins Leere.

Lärmend schob sich der wütende Mob durch die finsteren Straßenschluchten. Heute würden sie endlich ihr Ziel erreichen. Die Erdoberfläche.

Mark platzierte das Foto auf Seite 3, vor den Quartalszahlen. Dann speicherte er die Powerpoint-Datei und schloss den Laptop des Noch-CEO.

»Chicken or Beef?«, strahlte die Stewardess. »Wenn du wüsstest, wie egal das ist«, dachte er und krallte sich in den Sitz. Noch 4 Minuten.

»30 Silberlinge? Das soll wohl ein Witz sein!« Er spuckte auf die Münzen. »Sucht euch einen anderen Dummen!« Wütend stapfte Judas davon.

Er rannte. Die Suchscheinwerfer der FBI-Helikopter durchstocherten den Nachthimmel. Die fremde Umgebung verwirrte ihn. Er hasste die Erde.

Klara musterte den seltsamen Mann. »Welcher Adolf? Ich habe überhaupt keinen Sohn!« Der Fremde lächelte. »*Noch* nicht«, sagte er und schoss.

SENDING E-MAIL. Als GF-Assistentin war sie die Einzige, die sein Passwort kannte. Für seine Vernichtung brauchte sie nur eine Zeile.

Jane hasste ihre neuen Mieter schon beim ersten Treffen. Auch sie würden höchstens ein Jahr durchhalten. Dies war ihr Haus! Seit 273 Jahren.

Die Revolte war außer Kontrolle geraten. Das zornige Heer geflohener Häftlinge trat den beschwerlichen Marsch nach oben an. Zum Meeresgrund.

»Sie sind raus!«, brüllte er in den Hörer. Seine Stimme echote durch die nächtliche Chefetage. Irgendwie mochte Arnd seinen Hausmeisterjob.

Alex sah sich um. Sein Elternhaus hatte sich kaum verändert. Er platzierte das Paket in einer Schublade. Dann wählte er die Nummer des FBI.

Seine Ankunft auf dem fremden Planeten war ein Schock. Die Alien-Rasse entpuppte sich als feindselig und aggressiv. Er hasste die Menschen.

»Notgeiler Wichser!«, murmelte sie, als sie das LSD in den Kaffee ihres Chefs mischte. Er trank ihn, als die Japaner Konfi 1 betraten.

»Guess who's back!«, stand auf dem Zettelchen. Pete ließ den Glückskeks fallen. Er erstarrte, als das Arsen in seine Blutbahn eintrat.

Die Seifenblasen schwebten über die Champs-Elysées. Viele Passanten lächelten gerührt. Langsam und großflächig verteilte sich das Giftgas.

Der Bombengürtel wog schwer. Er flüsterte ein Gebet und trat auf den Balkon. Der Petersplatz war voll. Die 50 000 Pilger jubelten ihm zu.

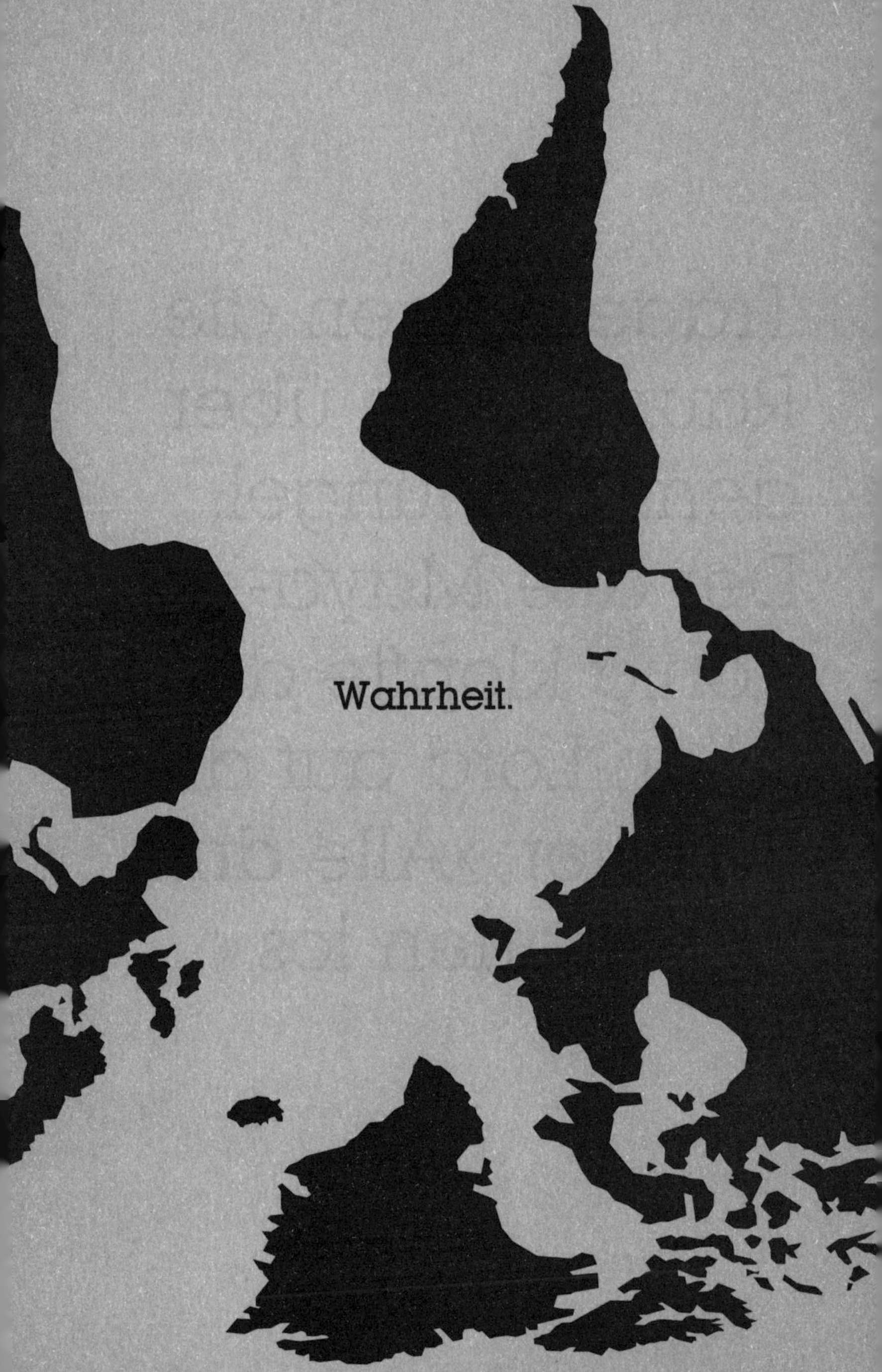
Wahrheit.

Träge hingen die Raumschiffe über dem Dschungel. Der alte Maya-König klopfte dem Alien-Lord auf die Schulter. »Alle drin. Wir können los.«

Die Aktionäre verstummten, als der CEO ans Mikro trat. Eric beobachtete, wie er den Laptop öffnete. »Bye bye, Arschloch!«, flüsterte er.

Tief im Inneren der Pyramide stoppte der kleine Roboter. Durch seine Kamera blickte die Welt auf eine Steintür. Langsam öffnete sie sich.

Von oben sah die Wolkendecke aus wie ein weißer Ozean. Keith startete den Sinkflug. Ihm graute vor dem Anblick, der ihn unten erwartete.

Die Transplantation war geglückt. Der Körper hatte das Gehirn des Mafiapaten angenommen. Das FBI wartete bereits, als das Kind erwachte.

Regungslos stand das Heer auf dem dunklen Schlachtfeld, als der Himmel aufriss. Licht flutete über den Berg. Jemand hatte das Buch geöffnet.

Tim inspizierte das Bild. Die Patina. Die Signatur. Zweifellos ein echter Miró. Er lächelte den Flohmarktverkäufer an. »Abgemacht. 10 Euro.«

Der Stiefelabdruck schimmerte im grauen Mondstaub. Das Relief zitterte leicht, als die Landekapsel mit Aldrin und Armstrong aufsetzte.

Grübelnd trug Chen seine Einkaufstüten über die Straße. Hatte er wirklich alles? Brot? Reis? Er sah auf. Direkt vor ihm stand ein Panzer.

Claudia beäugte das Objekt. Der greise Antiquar lächelte. »Damit haben die Menschen vor dem Krieg kommuniziert. Es hieß *Handy*.«

Die staubige Glaskugel leuchtete matt. Langsam hob die alte Wahrsagerin ihren Blick. »Und …?«, fragte Lady Di.

Der Roboterarm glitzerte in der Sonne, als er den letzten Steinquader platzierte. Cheops lächelte zufrieden. Seine Pyramide war fertig.

»Wie lange?« Er fixierte seine weinende Frau. »Ein Jahr. Es tut mir so leid. Wir lieben uns.« Die Hochzeitsgesellschaft schwieg betreten.

Lautlos schwebte der kleine Tauchroboter über den Meeresgrund. Im trüben Zwielicht schimmerte das antike Bauwerk: der Kölner Dom.

Das Wurmloch spuckte die Kapsel aus wie einen Kirschkern. Der Zeitsprung war geglückt. Über Betlehem trat das Shuttle in die Atmosphäre ein.

Kreischend malte die Kreide einen Globus auf die alte Tafel. Elmar drehte sich zur Klasse. »Und, Kinder? Wie heißen unsere vier Kontinente?«

Die NASA-Ingenieure schwiegen gebannt. Das Signal stammte tatsächlich von einer außerirdischen Intelligenz. Sein Ursprung: die ISS.

Lukas schlenderte über den belebten Strand. Die Frauen. Die Cocktails. Die niemals endende Party. Irgendwie mochte er das Bermudadreieck.

Langsam stieg das gewaltige Raumschiff in den Himmel über Düsseldorf. In der Abendsonne funkelte seine winzige Spitze: der Fernsehturm.

»Los, Alter. Ein Mal noch!«, lallte er. Simon war ziemlich betrunken. Er torkelte zu Jesus und stellte einen neuen Wasserkrug auf den Tisch.

Das Volk verstummte, als der alte Häuptling sich dem Orakel zuwandte. Matt flimmerten die Schriftzeichen hinter dem staubigen Glas: »Google«.

Die Kardinäle starrten auf die Papyrusrolle. Jenes Relikt, das die Bibel ungültig machte. Der Papst weinte. Er umklammerte ein Feuerzeug.

Täuschung.

Der König von Troja musterte das riesige Holzpferd. »Mehr hast du nicht drauf, Agamemnon?« Lächelnd drehte er sich um: »Anzünden!«

Als ihm klarwurde, in wessen Körper er diesmal gelandet war, war es schon zu spät: Die Staatschefs schwiegen erwartungsvoll.

Glücklich lag Mario neben ihr. »Ich glaube, diesmal hat's geklappt.« Sie lächelte. Und sank noch tiefer in das Bett ihrer Zwillingsschwester.

Schweigend blickte Tibor auf das Polaroid in seiner Hand. Unendlich langsam materialisierte sich das Bild. Das wertvollste Foto der Welt.

»Scheiß Fata Morganas!«, japste der Verdurstende und wankte in die Gegenrichtung davon. Hinter ihm am Horizont flimmerte Abu Dhabi.

Rick musterte die Schlafenden. Der Hypnose-Kurs hatte sich gelohnt. In wenigen Minuten würde der UN-Sicherheitsrat seinem Antrag zustimmen.

Er brauchte Minuten, um das NASA-System zu hacken. Mel würde die Sternschnuppe lieben! Um 23:37 Uhr trat der Satellit in die Atmosphäre ein.

»Cuuut!« Die Stimme des Regisseurs schallte über das Set. »Perfekt! Umbau auf die nächste Szene: 21. Jahrhundert.« Satan lächelte.

Vin betrachtete sein Spiegelbild. Der Kittel stand ihm gut. Er bedeckte Dr. Browns Leiche mit einem Tuch und machte sich auf den Weg zum OP.

In Zeitlupe schritt er aus dem Feuerball. Zum 217. Mal. Wie ihn das langweilte! Er spähte zur Leinwand. Saal 1 war mal wieder ausverkauft.

»Zusatzzahl: 7«, tippte er. Dann schloss er den Laptop. Er liebte das Autorendasein. Im Wohnzimmer murmelte der Fernseher: »Zusatzzahl: 7«

Die Razzia war beendet. Nachdem Agent Collister das Kokain im Kofferraum verstaut hatte, kritzelte er seinen Bericht: »Suche ergebnislos.«

Feierabend. Der Aufzugwärter des Berliner Fernsehturms seufzte. Er öffnete die Klappe und drückte auf »-200«. Wenn die wüssten.

Er schielte in den Louvre-Prospekt. Ein letzter Pinselstrich auf der Leinwand und die Kopie war perfekt. Der junge Jan Vermeer lächelte.

»Hast einen gut bei mir!« Verkatert schlug Albert seinem Kommilitonen auf die Schulter. Hastig kritzelte er die Formel ab: $E=mc^2$.

Die Menge im Convention Center schwieg, als Dr. Edwards ans Mikro trat. Der größte Kritiker der Kybernetik. Und der einzige Mensch im Saal.

Seelenruhig schlenderten die maskierten Männer mit der Beute aus dem Juweliergeschäft. Draußen auf der Königsallee tobte der Karneval.

Der Mann, der sich Mozart nannte, lächelte. »Tut mir leid, aber ich muss weiter. Ins Jahr 1904. Dort bin ich ein Genie namens Dalí.«

VIDEO WIRD GESPEICHERT. Langsam ließ Linda das Handy sinken. Sie atmete schwer. Ab morgen würde sie die weltweiten YouTube-Charts anführen.

Die Bombe lag auf dem Beifahrersitz. Cyril betete, als er den Wagen auf den bevölkerten Platz lenkte. Der Fahrgast im Fond telefonierte.

»Trick or Treat?« Die verkleideten Kinder strahlten die Rentnerin an. »Kommt doch rein!«, sagte die Kreatur. Sie schwitzte unter der Maske.

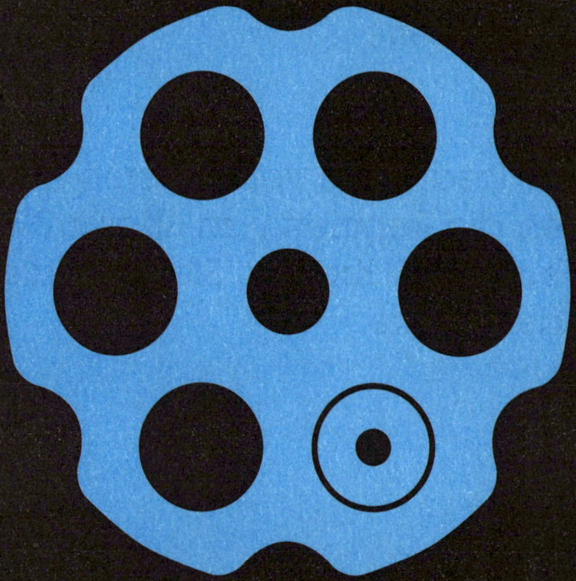

Glück.

Der Witz ging Lisa nicht mehr aus dem Kopf. Sie musste sich das Lachen verkneifen, versuchte still zu sitzen. Konzentriert malte Da Vinci.

»Der Vergaser?« James legte den Schlüssel auf den Tresen. »Das war's dann mit dem Salinas-Trip.« Der Mechaniker seufzte. »Sorry, Mr. Dean.«

Shiro hasste seinen Chef. Was für eine sinnlose Dienstreise! Wütend starrte er auf das Zugticket: Hiroshima–Osaka. 5. 8. 1945.

Die Wartungsarbeiten am Teilchenbeschleuniger hatte Dr. Hof auf seine Weise genutzt. Er tippte: »-24:00«. Die Lottozahlen hatte er im Kopf.

Er starrte auf das kürzere Streichholz. Verloren. Schnee wehte durch das Flugzeugwrack, als der zweite Überlebende das Messer ansetzte.

Der Fremde, der sich »Der Reisende« nannte, war verschwunden. Edison schwieg. Er blickte auf den seltsamen Glaskolben in seiner Hand.

Carl war frei. Nach 47 Jahren Haft trat er aus dem Gefängnistor ins Freie. Er blinzelte in die gleißende Sonne. Und übersah den LKW.

Matthew holte tief Luft. Dann stieß er sich von dem Schiffsrumpf ab und trieb davon. Die Schwärze des Weltraums atmete ihn ein.

»… hinterlasse ich mein gesamtes Vermögen meiner geliebten Maja.« Der Notar schloss das Dokument und blickte in die Runde. Maja bellte.

Kauend lächelte Isa ihren Mann an. Sie liebte das Sonntagsfrühstück im Kreise der Familie. Die Kinder spielten draußen. Im Innenhof der JVA.

Um 17:47 starben 3 360 743 554 Männer. Gleichzeitig. Christopher lächelte. Die Fee weinte.

Stolz stapfte die alte Putzfrau durch den Turiner Dom. Der Bischof würde sie lieben. Endlich hatte sie dieses fleckige Grabtuch gewaschen.

»Du magst doch Tiere, oder?«, hauchte der Greis. Seine 21-jährige Frau grinste dämlich. »Ich hab mein Testament umgeschrieben. Auf den WWF.«

Der beißende Gestank raubte ihr die Sinne. Plötzlich durchschnitt ein feiner Lichtstrahl die Finsternis. »Na endlich!«, keuchte Rotkäppchen.

Krachend schob sich der Eisbrecher durch die weiße Unendlichkeit. Arvid blickte zum Horizont. Bald würden sie den Äquator erreichen.

»Ich hab's mir anders überlegt. Ich bleibe lieber im Hotel.« Müde winkte sie in die Runde. Dann verschwand Lady Di im Aufzug.

Die eBay-Verkäufe hatten ihn reich gemacht. Das Geld lag sicher auf den Caymans. Er tippte das letzte Angebot: Rentierschlitten, wie neu.

Ned hatte noch nie etwas Schöneres gesehen. Das Korallenriff schimmerte wie eine außerirdische Stadt. An seinen Füßen zerrte der Betonblock.

Die Münze landete auf seinem Handrücken. Zahl. Carl Benz seufzte. Das Automobil also. Er zerknüllte die Skizze mit dem Teleporter.

Wahn.

Die sterile Kälte der Psychiatrie erdrückte ihn. Die Stimmen wurden lauter, befahlen ihm zu töten. Zeit für die Visite. Dr. Jones stand auf.

Er hatte den Raum zufällig entdeckt. Aron sah sich um. Die Folterinstrumente glänzten im Halbdunkel. Oben begann gerade der Gottesdienst.

Anja glotzte den Fremden an. Der Mann kam ihr nicht im Entferntesten bekannt vor. »Schön, dich kennenzulernen!«, grinste ihr Spiegelbild.

Der Heroinrausch flutete durch ihre Blutbahn. Sie musste sich zwingen, bei Sinnen zu bleiben. Valeska richtete ihren Mundschutz. »Tupfer.«

Der Bauleiter starrte auf die rostige Bombe. Er zögerte. »Zement!«, schrie er und sah auf die Uhr. 3 Stunden bis zur Grundsteinlegung.

Merkel spürte einen leichten Schwindel, als sie das Podium betrat. 9357 km entfernt ergriff der Schamane die Voodoopuppe. Das Ritual begann.

Es war exakt 10 Jahre her, dass Kai geschworen hatte, seinen Lehrer zu töten. Er grinste: »Und selbst?« Das Klassentreffen hatte begonnen.

Sie erwachte in der Wüste. Am fernen Horizont flimmerte Vegas. Lea starrte auf den Spaten in ihrer Hand. Dann sah sie das frische Grab.

»37 TOTE. DAS AMOK-MONSTER!« Sven ließ die BILD sinken. Er wurde doch gerade erst warm ... Lisa säuselte: »Papa, krieg ich mal die Butter?«

Der Besessene zuckte. Inbrünstig sprach Pater Filipo die Verse. Er hatte schon zahllose Exorzismen durchgeführt. Aber noch nicht beim Papst.

Sie schritt an der wirren Collage aus Zeitungsausschnitten entlang. »Das Werk eines Paranoiden.« Daley nickte. Es war still im Oval Office.

Er blickte in die leeren Mienen der jungen Krieger. Seiner Privatarmee. Das Signal ertönte. Große Pause. Die 5b war jetzt bereit.

Manuel betrachtete den winzigen USB-Stick. 10 Gramm. Und der Schlüssel zu einer 10-Megatonnen-Explosion. Der Gedanke ließ ihn erschaudern.

George hatte ihr Leben zerstört. Dafür musste er sterben. Als sie seine Stimme in ihrem Kopf hörte, hob sie den Revolver an ihre Schläfe.

Die zahnlose Greisin lächelte gütig: »Du wirst dich wohlfühlen hier bei mir!« Joyce zitterte. Die Fesseln schnitten in ihr Fleisch.

Liz hasste Facebook. Plakativ zeigten die Fotos, was während ihres Wodka-Blackouts passiert war. In ihrem Schlafzimmer im Buckingham Palace.

Das Dope knallte. Len setzte die Kopfhörer auf und sank in den Ledersessel. Er schloss die Augen. Dann bat er den Tower um Startfreigabe.

Die Produktionshalle der Bundesdruckerei glomm im kalten Neonlicht. Behutsam füllte Peer das LSD in den Tank mit der Briefmarken-Gummierung.

Sorgfältig drehte Phil den weiblichen Schenkel durch den Fleischwolf. Vorne bestellte die alte Frau Heise gerade ihr Gehacktes. Wie immer.

FBI-Hubschrauber kreisten über dem weiträumig abgesperrten White House. Die beiden Geiselnehmer hatten sich verschanzt. In ihrem Wohnzimmer.

Zac tobte. In der Klapse? Er? Brüllend schlug er gegen das Sicherheitsglas. Und verharrte. Den Mann in der matten Reflexion kannte er nicht.

Das Captain's Dinner. Der Gin. Der Whiskey. Die Bilder kamen langsam zurück. Er erwachte, als der Rumpf der Titanic auf dem Grund aufschlug.

Chloroform. Piep. Spaltaxt. Piep. Müllsäcke. Piep. Spaten. Piep. Nathan zahlte und verließ den Baumarkt. Die Stimmen schwiegen jetzt.

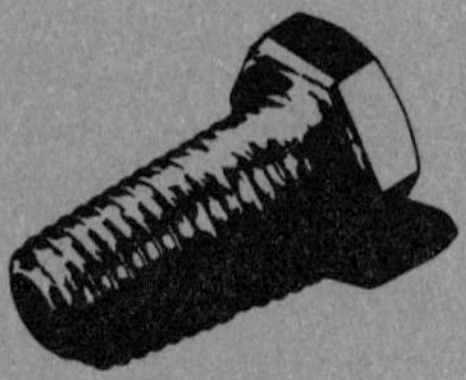

Pech.

Er erwachte mit dem schlimmsten Kater seines Lebens. Wo war er? Warum trug er einen Anzug? Und: Wieso war sein Bett mit Samt ausgekleidet?

Sämtliche Staatschefs hatten den globalen Pakt unterzeichnet. Es herrschte Weltfrieden. Am 3. Tag der Feierlichkeiten kamen die Meteore.

Die Fremde stand in ihrer Wohnungstür und lächelte. Ole war verliebt. Und bereute plötzlich, was er eben mit der Pizza gemacht hatte.

Der Anschlag hatte Washington erschüttert. Obama hielt gerade seine Rede, als Agent Cole die Mail im Spam-Ordner entdeckte: »Last Warning«.

Pech.

Unter den Rufen der Dorfbewohner wurden die beiden Männer zum Schafott geführt. Piet zischte: »Scheiß Idee, die Zeitmaschine.«

Curt freute sich auf die neue Hüfte. Die einsetzende Narkose trug ihn davon. Nur leise hörte er noch den Chirurgen: »Schädeldecke öffnen.«

Ricardo grinste. Alle Cosa Nostra-Bosse waren da. Um ihn zur Nr. 1 zu machen. Es war der alte Vito, der das Micro an seinem Kragen entdeckte.

Der Dartpfeil blieb in der Japan-Karte stecken. Hiroshima. »Nun denn …«, murmelte Harry S. Truman. Er griff zum Telefon.

Der Tunnelbau ging gut voran. Er musste jetzt ungefähr unter der Berliner Mauer sein. Noch ein Jahr. Im November '89 würde er flüchten.

Sie kennen meinen Namen. Wenn ihr das hier lest, bin ich tot. Ich habe gerade Gift getrunken. Die gesamte Beute liegt in einem Koffer unter

Tim stand im Mittelkreis. Die Fan-Gesänge der ausverkauften Allianz-Arena betäubten seine Sinne. Er schloss die Augen. Dann kamen die Tiger.

5 Jahre allein im Atombunker. Das traurige Jubiläum feierte Ben mit Dosenfleisch. Von dem Fehlalarm hatte ihn damals niemand unterrichtet.

Der flüchtige Bankräuber sackte tot zusammen. Officer Crane grinste zufrieden. Er steckte seine Waffe weg. Dann sah er das Filmteam.

Die leere Tauchflasche trudelte in die schwarze Tiefe. Mit letzter Kraft kämpfte sich Timo zur Wasseroberfläche. Dann stieß er an das Eis.

Wie in Zeitlupe flog der Sattelschlepper auf ihn zu. Theo fragte sich, ob es eine gute Idee war, die Weltformel niemals niederzuschreiben.

Das Kind gab ihm den Apfel: »Hier, Onkel Isaac. Der wäre dir fast auf den Kopf gefallen.« »Danke, Kleiner«, murmelte Newton und las weiter.

»Ob das geladen ist?« Neugierig betasteten die Kinder das Gewehr. Der Schuss löste sich um 12:29 Uhr. 30 Minuten später war JF Kennedy tot.

Sie legte den Spitzen-BH in den Koffer unter die Herrensocken. Dann nahm sie das lächerliche Trinkgeld, füllte die Minibar auf und ging.

Sterbend hauchte Oles Vater ihm den letzten Satz seines Lebens ins Ohr. »Das Geld liegt im …« »Frühstüüück!«, kreischte die Oberschwester.

»Du hast ja recht«, murmelte er und zerriss die Skizze. Seine Frau lachte. »Wirklich, Graham. Das ist albern. Eine Fernsprechmaschine …«

Das mit der Wiedergeburt hatte sich Kate irgendwie anders vorgestellt. Epischer. Träge schwappte das Wasser an die Wand des Goldfischglases.

Tod.

»Pilz!« Lispelnd zeigte die kleine Zoé zum Fenster. Lächelnd schnitt ihre Mutter die Champignons. Am Horizont wuchs die Wolke aus Licht.

Der Himmel verdunkelte sich, als das Monstrum vor ihn trat. Der Prankenschlag tötete ihn sofort. »Scheiß Mücken«, murmelte die Bestie.

Sein Zimmer hatte sich gar nicht verändert. Er saß auf dem Bett, als die Tür aufging. Seine Mutter schaute in den leeren Raum. Sie weinte.

Als Chief of Staff saß er in der Airforce One neben dem Präsidenten. Der Sprengsatz lag nun direkt zwischen Ihnen. Er betete stumm.

Leon freute sich auf zu Hause. Seine Schulfreunde. Den Spielplatz. Nur noch wenige Tage. Er packte seine Uzi und rannte aufs Schlachtfeld.

Der Anchorman räusperte sich. Das würde doch mal ein Newsflash werden. Unter dem Tisch umklammerte er die Waffe. Rotlicht.

Die Organe fühlten sich warm an. Ivan griff in den offenen Brustkorb und hob das Herz heraus. Er sah auf. »7 Euro 80. Darf's noch was sein?«

Der Ansturm auf die Schweinegrippe-Impfungen würde immens werden. Der Terrorchef lächelte. Es war so einfach. Nur ein Tropfen pro Spritze.

Der Mann zeigte nach Norden. »Geradeaus, dann links und die dritte Straße rechts. Da sieht man schon die 7 Berge.« Die Königin grinste böse.

Blut sickerte aus der zerfetzten Haut. Die sterbenden Eingeweide pulsierten auf dem nassen Waldboden. Dann war Rumpelstilzchen tot.

Das Zugunglück hatte den Bahnhof in ein Trümmerfeld verwandelt. Der Anblick war verheerend. Atemlos stand Niclas in seinem Kinderzimmer.

Sämtliche Regierungschefs waren angereist, um die außerirdischen Besucher zu begrüßen. Genau was sie wollten: alle an einem Ort.

Die Yacht trieb in der seichten Bucht. Marco blinzelte in die Sonne. Ein perfekter Tag. »Willst du noch irgendwas sagen?«, fragte der Mann.

Gelangweilt schob Paul das Glas auf das D. So hatte er sich das mit dem Tod eigentlich nicht vorgestellt. Die Witwen am Tisch kreischten.

Er war am Ende. Der Ruhm. Der Druck. Die Verantwortung als Politiker. Langsam hob er die Waffe an den Kopf. Die Journalisten schrien auf.

Der Autor weinte. Er hatte soeben seine Hauptfigur sterben lassen. Behutsam wickelte er den Körper in einen Müllsack.

Tom öffnete das alte Buch und begann zu lesen: »Tom öffnete das alte Buch und begann zu lesen. Noch ahnte er nichts von seinem nahen Tod.«

Behutsam streute sie den Anthrax-Staub in das goldene Kuvert. »Bester Film« stand auf dem Umschlag. 17 Minuten bis zur Oscar-Verleihung.

»Da bist du ja endlich.« Jakes Mutter lächelte. Sein Vater prostete ihm von der Couch aus zu. Es war wie früher. Als sie alle noch lebten.

Liebe.

Die Linie war blau. Schwanger. Sie ging zurück ins Schlafzimmer, glitt ins Bett, schmiegte sich an seinen warmen Körper. »Du wirst Onkel.«

Keuchend stolperte Sean über den Acker. Auf der Flucht hatte er Sue verloren. Er wählte ihre Nummer. Das Klingeln ertönte 2 Meter unter ihm.

»Ich dich auch«, log er und reichte ihr das Champagnerglas. Die Sonne berührte nun fast das Meer. Er spürte bereits die Wirkung des Giftes.

Der Coup würde sie zum Star des FBI machen: die Zerschlagung des Baroni-Clans. Von innen. Agent Steel schaute den Pastor an: »Ja, ich will.«

Langsam rollte Alans Wagen an den Prostituierten entlang. Neben einer üppigen Brünetten hielt er schließlich. Und verharrte. »Schatz …?«

»Das ist sie.« Zärtlich berührte er das Hochzeitsfoto. »Tu mir nur einen Gefallen«, er sah zu dem Mann auf, »lass sie nicht leiden.«

»Mama, das tut weh!« Die kleine Luisa zeigte auf die Schürfwunde. »Wird gleich besser, Schatz.« Tröstend nahm sie ihre Schwester in den Arm.

Grunzend fielen die Eber über den Futtertrog her. Landwirt Ulf strahlte. Endlich konnte er die Bewerbung schreiben. Für »Bauer sucht Frau«.

»Lieber Gott: Das mit der Medizin in dem Wein war doch nur ein Spaß. Bitte mach, dass Mama und Papa bald wieder aufwachen! Amen.«

Der Attentäter war in seinem Fluchtwagen geblitzt worden. Stumm blickte Agent Dale auf das unscharfe Foto: Der Dalai Lama lächelte entrückt.

Linus verschlang die unbekannte Schöne mit den Augen. Die Traumfrau, die er niemals haben würde. Weil sie in die Pinguingruppe ging.

»Wir sehen uns.« Marc hauchte ihr einen Kuss auf die Wange. Die Glastüren glitten hinter ihm zu. Er aktivierte das Display und tippte: 2031.

Jessica erkannte ihren Vater sofort. Seine leeren Augen hatten die Jahrzehnte überdauert. Sie lächelte kühl. »150. Ohne Gummi das Doppelte.«

»Ich bin ein Sünder«, wimmerte der alte Mafiosi. »Ich habe meinen Bruder ermordet.« Der Beichtstuhl knarrte. »Ich weiß«, sagte der Schatten.

Der Fremde sah ihm in die Augen. John war verliebt. Er lächelte noch, als sein Kopf explodierte. Die Schreie der GIs erfüllten Omaha Beach.

Der Orgasmus flutete durch seinen Körper, als das Handy klingelte. Er rollte sich von ihr ab und schielte auf das Display. »Für dich, Mama.«

Weinend stieß sich Julia den Dolch in die Brust und sackte neben Romeo zu Boden. Dann sah sie die Flasche in seiner Hand: ihren Schlaftrunk.

»… erkläre ich euch hiermit zu Mann und Frau«, nickte der Priester. Susan weinte vor Glück. Sie hauchte einen Kuss auf das Panzerglas.

Max schüttelte den Kopf. »Tut mir leid. Einen Max kenne ich nicht.« Er musterte den Greis. Sein Vater hatte sich überhaupt nicht verändert.

Hand in Hand liefen sie durch das hohe Gras. Die sonnige Abendluft roch nach Freiheit. Dann peitschten zwei Schüsse über den Todesstreifen.

Missgelaunt gab er ihr das Geld. »200 für die Nummer? Da ist ja meine Frau besser!« Sie lächelte kühl. »Ansichtssache. Aber sie zahlt mehr.«

Kira musterte ihren Vater. Die Demenz hatte jede Mimik gelöscht. Langsam nahm sie ihm das unterzeichnete Testament aus der Hand. Sie weinte.

»Geräte abschalten?« Sie nickte traurig. Küsste sein regloses Gesicht. »Ich liebe dich«, flüsterte sie. »Ich dich auch!«, schrie er. Stumm.

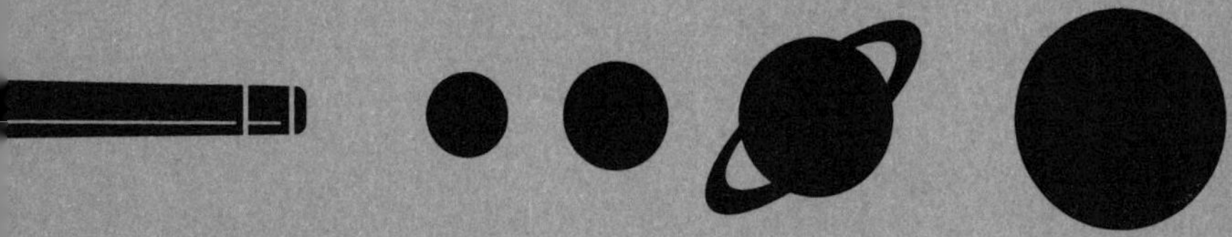

Ende.

The End. Sein Roman über die WTC-Anschläge war fertig. Er klappte den Laptop zu, sah auf die Uhr. Fast Mitternacht. Es war der 10. 9. 2001.

Das Beatmungsgerät surrte in antiseptischer Perfektion. Es war 00:37 Uhr, als sich die faltige Hand von dem Kissen hob und den Stecker zog.

Die Abendsonne durchspülte das Tal. Er atmete die laue Sommerluft. Ein perfekter Tag. Der T-Rex schaute in den Himmel. Und sah den Kometen.

Sven starrte zur Decke. Wie er diese unbehagliche Stille in Aufzügen hasste. Endlich stoppte die rote LED-Anzeige. Etage 5732.

Wie eine sterbende Schlange schleppte sich der Flüchtlingsstrom in die Sierra Nevada. Der Himmel glühte. Mexico City war jetzt menschenleer.

»Professor …?« Der junge Archäologe starrte in das Mikroskop. In dem fossilen Bernsteintropfen war etwas eingeschlossen. Es blinkte rot.

Das Kind stand mitten auf der Route 66. Der erste Mensch, den Tom seit Tagen gesehen hatte. Und der letzte, den er jemals sehen würde.

»THE END IS NEAR!« Der Greis umklammerte das Pappschild. Sein Blick irrte über den Trafalgar Square. Wie nah, ahnte selbst er nicht.

Sie kreischte. Das Feuer verschlang sie wie eine hungrige Bestie. Als ihre Augäpfel platzten, waren Hänsel und Gretel bereits zu Hause.

Langsam wanderte Lorenz zwischen den Autowracks umher. Die Leiche lag mitten auf dem Asphalt. Er erkannte sich erst auf den zweiten Blick.

Wie in Zeitlupe schritt sie in ihrem Brautkleid auf ihn zu. Colins Herz raste. Sie war die Liebe seines Lebens. Und gleich seine Schwägerin.

Die Ausgrabungsstätte flimmerte in der nächtlichen Wüste. Ellas Blick wanderte über das Camp. Aus dem Sand ragte die Spitze des Eiffelturms.

Die Flut hatte biblische Ausmaße. Das Wasser verschlang Menschen und Tiere. Eine Frau schrie: »Kommst du aus der Wanne, Schatz? Abendessen!«

Zitternd gab Obama den Zündungscode ein und legte den kleinen Schalter um. Die Tür flog auf. »April, April!« Der Pentagon-Chef grinste.

Das hohle Echo des Sonars hallte durch den Rumpf des U-Boots. Captain Conelly drosselte die Motoren. Sie hatten den Central Park erreicht.

Rasselnd verschwanden die Herzpillen im Staubsauger. »Ziemlich langer Frühjahrsputz«, murmelte Frau Berg von gegenüber. Vier Stunden später.

»2013«, stand auf dem Display. »Nicht schon wieder!«, dachte Dave, zog den Strahlenschutzanzug an und stieg aus der Zeitmaschine.

Sam betrat den unberührten Schnee. Der Ausblick war phänomenal. So sah also das Ende der Welt aus. In der Sonne glitzerten die Wrackteile.

Professor Evans öffnete vorsichtig den antiken Sarkophag. Die alte Inschrift war zu verwittert, um ihn noch rechtzeitig warnen zu können.

Das scharfe Kreischen der Tattoonadel verstummte. Natalie spähte auf ihren Oberarm. Und erstarrte. Sektor 619. Die Schwefelminen des Neptun.

Er schielte auf die Uhr. Noch 17 Minuten, dann würde es Washington nicht mehr geben. Strahlend streckte er die Hand aus. »Mr. President!«

Gordon rechnete. Die Flutwelle war jetzt 10 km von der Küste entfernt. Noch könnten die ahnungslosen Dorfbewohner fliehen. Er bellte heiser.

Die Krieger hatten auf der äußeren Festungsmauer Stellung bezogen, als die Armee am Horizont erschien. Keines der Kinder war älter als 5.

Als winzige Lichtpunkte überzogen die Atompilze den Erdball. Stephen starrte durch die kleine Luke hinab. Der Rest der ISS-Crew schlief.

Der Times Square brodelte. 976 341 Menschen verabschiedeten euphorisch brüllend das Jahr. »3 … 2 … 1 …« Diesmal kamen die Raketen von oben.

Dass 37 Planeten genau in einer Linie aufgereiht waren, kam nur einmal in 146 Mio. Jahren vor. Grinsend griff Gott zu seinem Billard-Queue.

Epilog.

Eine Gruppe hochbezahlter Menschen sitzt in einem großen Konferenzsaal. Sie beschließen, für sehr viel Geld einen sehr kurzen Film zu produzieren. Dann fliegen sie an einen weit entfernten, sonnigen Ort und drehen den Film. Sie benutzen Kräne, Hubschrauber und sehr große Lampen.

Wieder zu Hause, geben sie noch mehr Geld aus. Für einen Cutter, der das Material auf wenige Sekunden kürzt. Für einen Musiker, der die epischen Bilder noch kraftvoller wirken lässt. Für ein animiertes Markenlogo, das hochwertig metallisch glänzt. Und für die Synchronstimme von Robert de Niro. Dann kaufen sie teure Werbezeit im Fernsehen. Und schließlich, Monate später, ist es dann so weit: Samstagabend. Prime Time. Der Film flimmert in Millionen Wohnzimmern über den Bildschirm.

Die Zielgruppe sitzt auf dem Klo.

Werbung ist schon irgendwie seltsam. Aber sie beschert uns etwas Wundervolles: extrem verdichtetes Storytelling. Große Geschichten auf kleinstem Raum. Denn gut inszeniert, kann ein 30-Sekünder zum ausschweifenden Drama werden. Zum rührenden Liebesfilm. Oder zum beklemmenden Psychothriller. Eines ist er jedenfalls immer: kurz.

Inspiriert von meinem Beruf als Werbefilmregisseur, startete ich die TINY TALES als Experiment auf Twitter. Denn auch auf dem Micro-Blog muss man sich erzählerisch beeilen. Ein Tweet besteht aus 140 Zeichen. Höchstens. Exposition, Konflikt und Auflösung haben also nicht allzu viel Raum. Entsprechend herausfordernd ist das Schreiben: Ist die Geschichte auch nur einen Buchstaben zu lang, funktioniert sie nicht. So entstanden manche der Mini-Romane binnen weniger Minuten, andere dauerten Wochen. Einige sind bis heute unvollendet.

Für mich sind die TINY TALES kleine Luken, durch die der Leser in große Geschichten hineinschaut. Ganz kurz. Aber gerade lange genug, um die entscheidenden dramaturgischen Knotenpunkte zu sehen. Nur eines wird er nicht entdecken: ein Markenlogo.

Lisa Seelig
Elena Senft

Wir waren jung und brauchten das Gel

Das Lexikon der Jugendsünden

Band 18987

Von Arschgeweih bis Tamagotchi, von Lambada bis Tutti Frutti – alle Jugendsünden von A bis Z

Jeder hat sie begangen, jeder! Jugendsünden wie XXXL-Pullover, toupierte Haare, idiotische Ferienjobs, ganz zu schweigen von den Fettnäpfchen bei Flaschendrehen und Klammerblues. Hier sind alle Peinlichkeiten versammelt: gruselige Aushilfsjobs als Hostessen, staubige Ansammlungen von Joy-Gläsern, unverwüstliche Kuschelrock-CDs, grauenhafte Baywatch-Poster, vergessen geglaubte Radlerhosen …

Die größten »Verbrechen« der Jugendzeit – zum Lachen, Erinnern und Schämen.

»Erschütternd und sehr, sehr lustig. Die Gefahr, die eigene Jugend zu verklären, ist damit endgültig gebannt.«
Christian Ulmen

Fischer Taschenbuch Verlag

fi 18987 / 1

Nina Pauer

Wir haben keine Angst

Gruppentherapie einer Generation

208 Seiten. Gebunden

Die Chance meiner Generation war schon immer gleichzeitig auch ihr Fluch: ALLES IST MÖGLICH

Uns alle plagt diese tiefsitzende, diese von Grund auf fertigmachende Angst davor, uns falsch zu entscheiden. Was, wenn wir im Job, in der Liebe, im gesamten Lebensstil ein falsches Jetzt leben, das das richtige Später verhindert?

Nina Pauer beschreibt ihre Generation zwischen Zweifel und Glück, Ironie und Angst, zwischen Stress und Geborgenheit.

»Wie cool ist das denn?!«

Florian Illies, Generation Golf

Fischer

fi 1-060614 / 1

Sarah Kuttner
Kolumnen
Band 51128

In ihren erfolgreichen Kolumnen für die Süddeutsche Zeitung und den Musikexpress kommentiert Sarah Kuttner mit einer Geschwindigkeit von 1000 words-per-Minute Ereignisse, die die Welt bewegen, und beantwortet Fragen, die man sich bis eben noch gar nicht gestellt hat.

»Sarah Kuttner ist der Beweis:
Es gibt auch Frauen, die es können.«
Harald Schmidt

»Sarah Kuttners Kolumnensammlung ist ein Buch über die Welt von heute, eine Tausendsassa-Lektüre, die sich gewaschen hat.«
Frankfurter Allgemeine Zeitung

»Sarah Kuttner prescht gewohnt ironisch und wortgewandt durch die Sphäre des Banalen.«
Der Spiegel

Fischer Taschenbuch Verlag

fi 51128 / 1

Oliver Uschmann

Feindesland

Hartmut und ich in Berlin

Roman

400 Seiten. Broschur

Ist es nicht angenehm, wenn man einfach Schutzgeld zahlt und nicht mehr vor der Haustür zusammengeschlagen wird? Ist es nicht praktisch, wenn die Regierung unsere Lebensgewohnheiten im Internet öffentlich macht? Ist es nicht schön, wenn es im Büro statt Festgehalt eine Carrera-Bahn gibt? Ist es kein Grund zur Freude, wenn man in dieser Welt Vater wird?

Hartmut und ich, der Philosoph und der Packer aus dem Ruhrpott, gehen dahin, wo längst keine Gefangenen mehr gemacht werden: nach Berlin. Eine Achterbahnfahrt durch den Wahnsinn unserer Republik und die Herzen von Männern, die zur Rettung ihrer Liebe plötzlich echte Gefechtstürme bauen müssen.

»Schlimm, wie wahr dieses Buch ist.
Schön, wie zuversichtlich mich die Tatsache macht,
dass es geschrieben wurde!«
Bela B. Felsenheimer

Scherz

fi 4-11049 / 1